H. CORNE

MADAME ADÈLE DESLOGE

(Née à Douai, le 27 Décembre 1797)

SA VIE ET SES ŒUVRES

PARIS
LIBRAIRIE HACHETTE ET Cie
79, BOULEVARD SAINT-GERMAIN, 79
1879

MADAME ADÈLE DESLOGE

SA VIE ET SES ŒUVRES

comme moi pour nos gloires locales, m'ont dit alors : « Marceline Desbordes n'est pas la seule femme poète à qui Douai, de notre temps, a eu la bonne fortune de donner le jour. A peu d'années d'intervalle, il en est née une autre dans nos murs, une autre qui fut pour Marceline en quelque sorte une élève, qui fut son amie et presque une sœur : c'est Adèle Leurs, connue dans le monde littéraire sous son nom de femme, Madame Desloge. Pourquoi, en regard de la biographie de Madame Desbordes-Valmore, ne placeriez-vous pas celle de Madame Desloge ? Entre ces deux femmes il y a une union toute naturelle ; leur degré de célébrité n'est pas le même ; mais toutes deux elles avaient une belle âme que leurs œuvres ont mise en pleine lumière ; toutes deux elles ont honoré notre ville, elles l'ont aimée de tout leur cœur. Réunissez donc ces deux portraits pour ainsi dire dans un même cadre ; nos concitoyens vous en sauront gré. »

Je me suis rendu à cette invitation, et ma tâche m'a été d'autant plus facile que j'ai connu Madame Adèle Desloge dans la maturité de son talent, que longtemps des relations de société avec elle m'ont permis d'apprécier sa belle intelligence et toute sa valeur morale, et qu'enfin je me rappelais combien nous, gens de sa ville natale et ses amis, nous étions fiers, lorsque parut son recueil de poésies, *Les Abeilles*, du bruit flatteur qui l'accueillait.

La vie de cette femme d'élite, à qui les douloureuses épreuves ne manquèrent pas, n'offre d'ailleurs rien de mouvementé et d'accidenté comme celle de Marceline Desbordes; mais elle a sa beauté morale, consacrée qu'elle fut tout entière au devoir, au travail, aux plus tendres affections. Le cachet spécial de Madame Desloge, dans l'intimité comme dans le commerce du monde, c'était une sérénité bienveillante, inaltérable, qu'elle devait tout à la fois à la bonté de son cœur et à sa ferme raison. Douée d'une sensibilité profonde, elle s'appliquait à en maîtriser les impressions. Mais son âme de poète savait trouver ailleurs un libre épanchement pour ses émotions intimes, pour ses joies et ses douleurs. Dans ses vers, qu'elle ne se décida que bien tard à publier, nous retrouvons la vive expression de ce qu'elle a pensé et senti, au courant de la vie, dans ses contacts avec la famille et avec le monde. Plus d'un fragment de ses poésies m'aidera à compléter son esquisse et sa biographie; en même temps, ceux du barreau et de la magistrature, les autres, notables manufacturiers et commerçants, M. Leurs ne tarda pas à se lier d'amitié avec MM. Dumoulin, Gauthier d'Agoty, Alexandre Desmoutier, avec les familles Paix et Bris, il marqua parmi les citoyens de notre ville que leur zèle patriotique et leur popularité désignaient pour les fonctions électives. Douai était alors le chef-lieu du département du Nord ; M. Leurs fut un des administrateurs élus, placés à la tête de ce département.

M. Leurs épousa une jeune personne de Douai, mademoiselle Françoise Lenfant ; des cinq enfants nés de cette union, trois moururent en bas âge, des deux sœurs qui survécurent, l'ainée, Eugénie, épousa M. Vallée, ingénieur en chef des ponts-et-chaussées ; la cadette, Adèle, fut Madame Desloge.

A l'époque de la naissance d'Adèle, M. Leurs, était dans une belle position de fortune ; il était propriétaire d'une maison à Douai, et d'une maison de campagne à Brunémont, dans la vallée de la Sensée. La maison d'assez belle apparence, où est née Adèle Leurs, existe encore, place du Barlet, à Douai. Du terre-plein du rempart, on aperçoit la cour intérieure et le jardin de cette maison que longe la ruelle Pépin ; c'est là que madame Desloge a passé son enfance ; c'est là comme nous le font voir les poésies même de madame Desbordes-Valmore, que se forma tout d'abord entre Marceline et Adèle, enfants, le trait-d'union qui rapprocha constamment les destinées de l'une et de l'autre.

*
* *

Ailleurs, j'ai déjà signalé, comme un des témoignages de l'amour filial de Madame Desbordes-Valmore pour sa chère ville de Douai, un petit poème d'une facture originale et vivante, et plein d'intérêt pour qui attache quelque prix aux souvenirs de notre ville d'autrefois ; il est intitulé : *Une Ruelle de Flandre*, et adressé par Madame Desbordes à son amie. C'est ici le lieu d'y revenir avec plus de détails. Dans ce morceau plein de cette verve émue qui ne manquait jamais à Madame Desbordes quand sa pensée se reportait vers son pays natal et vers les années de son enfance, nous voyons, à quatrevingts ans de distance, mais avec une fraîcheur d'image étonnante et la maison où est née Adèle, et son père, et enfin la gracieuse enfant elle-même dans son berceau.

Il faut bien le dire : maison, riant jardin et les hôtes de ce paisible séjour, tout a pris des dehors merveilleux dans l'imagination de Marceline. Pauvre et naïve fillette, elle habite à quelques pas de là un humble logement ; elle ne se lasse pas d'admirer ce petit monde coquet, gracieux, et qui lui apparaît comme un domaine enchanté où habitent l'opulence et le bonheur mêmes. Il faut voir comme elle caresse des yeux ces bosquets et ce parterre :

« Beau jardin, si rempli d'œillets et de lilas
Que de le regarder on n'était jamais las !
En me haussant au mur dans les bras de mon frère,
Que de fois j'ai passé mes bras par la barrière
Pour atteindre un rameau qui s'enfuyait toujours !...
Errants dans les parfums de tous ces arbres verts,
Plongeant nos fronts hardis sous leurs flancs entr'ouverts,
Nous faisions les doux yeux aux roses embaumées.

Plus loin Marceline nous montre ses compagnes, les petites filles du quartier, attirées comme elle vers cette hospitalière demeure, et venant

« Tourner leur danse et cadencer leurs pas
Devant le beau jardin qui ne se fermait pas. »
. . . .
. . . .

Le père d'Adèle, nous allons le connaître ; le voici esquissé en quelques traits : D'abord personnage imposant autant par sa belle figure que par sa qualité de propriétaire de tous ces beaux arbres et de toutes ces fleurs, et puis bon, facile, n'ayant qu'un gracieux sourire pour les petits indiscrets qui ont grande envie de cueillir par-dessus le mur ses touffes de lilas et ses roses :

« Nos longs chuchottements entendus sans nous voir,
Nos rires étouffés pleins d'audace et d'espoir
Attirèrent un jour le père de famille
Dont l'aspect tout-à-coup surmonta la charmille. »

Et nous ne partions pas à sa voix sans courroux ;
Il nous chassait en vain : l'accent était si doux !
En écoutant souffler nos rapides haleines,
En voyant nos yeux clairs comme l'eau des fontaines,
Il nous jeta des fleurs pour hâter notre essor ;
Et nous d'oser crier : « Nous reviendrons encor ! »

C'est ce même jour, suivant les souvenirs que nous a conservés ce petit poème, que Marceline vit Adèle pour la première fois, qu'elle la vit avec ce prestige dont son imagination entourait toute chose, avec ses dispositions à tirer un horoscope embelli par les mille illusions où se plaisaient son jeune âge d'abord, et plus tard sa vive amitié.

Dans ce jardin qui semble à Marceline une sorte de paradis terrestre, Adèle, enfant de quelques mois à peine, est là, sous les yeux de sa nourrice, par un beau soir d'été, à l'ombre des grands arbres, étendue dans un joli berceau : « J'accourais, dit naïvement Marceline,

Et les petits voisins, amoureux d'ombre fraîche,
N'eurent pas sitôt vu, comme au fond d'une crèche,
Un enfant rose et nu, plus beau qu'un autre enfant
Qu'ils se dirent entre eux : Est-ce un Jésus vivant ?

C'était vous. D'aucuns nœuds vos mains n'étaient liées ;
Vos petits pieds dormaient sur les branches pliées ;
Toute libre dans l'air où coulait le soleil,
Un rameau sous le ciel berçait votre sommeil,
Et partout se lisait dans ce tableau charmant
De vos jours couronnés le doux pressentiment.

Marceline Desbordes termine ce morceau par

deux vers où se peint bien son âme si bonne, comme désabusée de son propre bonheur et toute occupée de celui des personnes qui lui sont chères. Elle vient de parler des roses qu'elle croit voir semées sous les pas de la jeune enfant; en terminant, elle s'écrie :

« Mon Dieu! s'il n'en doit plus poindre au bord de nos jours,
Que sur ma sœur de Flandre il en pleuve toujours! »

A voir cette touchante sollicitude et cet amour de sœur chez Marceline pour la jeune Adèle, tout naturellement on aspire à connaître comment celle-ci répondit à ces effusions d'un cœur dévoué. On me pardonnera donc facilement si j'anticipe sur le cours des années et des évènements, et si, me hâtant d'ouvrir le recueil des poésies de Madame Desloge, j'y trouve aux premières pages et j'en extrais deux stances où éclate tout ce qu'il y a en elle d'admiration pour *sa grande sœur de Flandre*, si je montre avec quelle foi vive dans l'âme et le talent de Marceline Desbordes, elle exprime le vœu de marcher sur ses traces, de la prendre pour modèle, et le bonheur qu'elle aurait, s'il lui était donné de se faire aimer et honorer comme elle.

Dans l'enceinte d'un vert rempart,
A Douai, belle cité de Flandre,
La main de Dieu vous a fait part
D'une âme à la fois fière et tendre ;

Et vous avez gardé toujours
Fraîches comme dans la jeunesse,
Au milieu de pénibles jours,
Ces fleurs de fierté, de tendresse.
Oh ! pour mon cœur il est bien doux
D'être flamande comme vous.

Mais le ciel n'a pas seulement
De nobles dons paré votre âme ;
Il a mis le rayonnement
D'une étoile en vos yeux de femme ;
Il a permis que sous les pleurs
Votre voix eût des mélodies
Consolantes pour les douleurs,
Et des malheureux applaudies.
Oh ! pour mon cœur il serait doux
D'être poète comme vous.

Ces deux femmes d'élite mirent en action dans tout le cours de leur vie, à l'égard l'une de l'autre, ce que leurs vers disaient si bien. Souvent, s'il en faut croire d'austères censeurs, chez les hommes de lettres, il n'est pas besoin de creuser bien avant pour trouver, même sous de beaux dehors de fraternité, des rivalités ombrageuses et disposées à juger sévèrement toute renommée qui les offusque. A ce point de vue, les femmes qui brillent par le talent d'écrire ne trouvent pas toujours grâce elles-mêmes devant ces critiques moroses. Comme elles ont bien démenti de pareils jugements, nos deux muses Douaisiennes ! Toujours elles se montrèrent au-dessus des petitesses de la vanité, heureuses des succès de leurs amis, et sans jamais l'ombre d'une rivalité jalouse.

*
* *

L'adolescence, la jeunesse même d'Adèle Leurs se passèrent dans le calme profond d'un aimable intérieur de famille. De bonne heure, elle suivit les cours d'une institution [1] qui jouit longtemps, dans notre ville, d'une réputation méritée pour l'éducation simple et l'instruction sérieuse donnée aux jeunes personnes des meilleures familles. Adèle Leurs se distingua entre toutes ses compagnes par ses succès hors ligne et par un goût très-vif pour les lettres et pour toute culture de l'esprit. Douée de la physionomie la plus gracieuse, bonne, affectueuse, toujours prévenante et serviable, elle était adorée de ses jeunes compagnes ; et de là l'origine d'amitiés sincères et profondes qui firent, à toutes les époques, le bonheur ou la consolation de sa vie.

C'est à Douai aussi qu'Adèle Leurs, confiée aux soins de bons maîtres, reçut d'excellents éléments d'art musical. Elle eut toute sa vie pour la musique un goût très-vif et très-sûr qui lui valut, dès qu'elle habita Paris, d'être recherchée par des musiciens et des compositeurs de haut mérite ; heureux de venir auprès de cette femme distinguée trouver des mo-

[1] L'institution des dames Godart et Mairesse...

tifs d'inspiration élevée et écouter des jugements dictés par le goût le plus pur.

Ses études terminées, Adèle Leurs vit s'écouler les plus belles années de sa jeunesse dans une riante maison de campagne, que son père avait achetée à Brunémont. Entre les villes de Douai et de Cambrai se déroule la vallée de la Sensée, pittoresque par ses vertes prairies, par ses anciennes tourbières, formant aujourd'hui de vastes étangs, de vrais petits lacs aux eaux limpides, et par les collines qui l'encadrent. Dans cette vallée coule la rivière la Sensée, qui d'une part, dans son cours capricieux, alimente les étangs, et de l'autre forme un canal de jonction entre la Scarpe et l'Escaut. Le village de Brunémont s'élève vers le milieu de la vallée; c'est là, sur le bord de l'eau, au milieu de beaux jardins, que se trouve la villa modeste que volontiers les gens du pays nomment le *château de Brunémont*, et qui fut le riant séjour longtemps animé et embelli par les deux charmantes sœurs, Eugénie et Adèle Leurs.

***

Par un rare privilége, les deux sœurs, également douées d'une sensibilité délicate et vive, avaient toutes deux une pente naturelle vers la poésie. On a bien voulu me communiquer un recueil où sont renfermées des poésies inédites d'Eugénie Leurs, qui fut depuis Madame Vallée; elles attestent l'heureux don des vers. Je n'ai pas à m'en occuper, je le sais bien, au point de vue de leur mérite littéraire; mais on me permettra de détacher de ce recueil deux courts morceaux, qui rentrent essentiellement dans mon cadre, puisqu'ils établissent la tendre amitié qui existait entre les deux sœurs, et puisque j'y trouve quelques traits de l'aimable physionomie de Madame Desloge, lorsqu'elle était une jeune fille de 18 ans.

1815.

A MA SŒUR

Vous qui jurez de fuir l'amour
Craignez de rencontrer ma mie ;
Son air naïf et sans détour
Vous enchaînerait pour la vie.
Elle unit l'esprit, la gaîté ;
Du village est la plus belle ;
Pour garder votre liberté,
Ah ! fuyez les beaux yeux d'Adèle.

Le matin, à l'ombre des bois,
On entend celle que j'adore
Unir les accents de sa voix
Aux chants de sa lyre sonore.
De plaisir on est transporté ;
On croit entendre Philomèle ;
Pour garder votre liberté
Ah ! n'écoutez jamais Adèle.

Possédant toutes les vertus,
Jamais de sa bouche charmante
Un malheureux n'eut un refus.
Son âme est douce et bienfaisante ;

Secourant un infortuné,
Elle en acquiert grâce nouvelle.
Pour garder votre liberté
Ah ! vivez toujours loin d'Adèle.

Adèle Leurs s'était, pour quelques devoirs de famille, éloignée pendant quelque temps de Brunémont. Son absence pesait douloureusement à sa chère Eugénie. Voici avec quels accents du cœur celle-ci s'en plaignait dans une pièce de vers de cette même époque :

Brunémont, 1815.

A MA SŒUR

Depuis que seule en ce séjour,
Loin de toi respire Eugénie,
Tout accroît sa mélancolie ;
Plus de plaisirs, plus de beaux jours !
C'est en vain qu'à ses yeux la nature si belle
Étale ses trésors, que tout se renouvelle,
Que les arbres, chargés de fleurs,
Répandent dans les airs leurs parfums enchanteurs,
Que s'offrent le matin les brillants dons de Flore,
Humides des pleurs de l'aurore ;
C'est en vain qu'elle entend les oiseaux d'alentour
Gazouiller dans les bois leur mutuel amour ;
Qu'elle voit au milieu d'une vaste prairie
Serpenter le ruisseau qui lui donne la vie,
Qu'elle entend le berger retournant au hameau
Célébrer sa maîtresse au chant du chalumeau ;
Tous ces objets charmants n'ont point d'attraits pour elle,
Lorsqu'ils sont admirés sans son aimable Adèle.
Reviens ! et dans l'instant ton esprit, ta gaîté
Feront de ces beaux lieux un séjour enchanté.

Le mariage même d'Eugénie Leurs ne sépara

point les deux sœurs. Un ingénieur des ponts-et-chaussées, homme d'une rare distinction de caractère et d'esprit, M. Vallée, chargé de diriger les travaux de création du canal de la Sensée, trouvait souvent une gracieuse hospitalité au château de Brunémont. Il ne connut pas intimement la famille Leurs sans être bientôt sous le charme; il rechercha et obtint la main de l'aînée des deux sœurs. Lorsqu'un peu plus tard, appelé à faire partie de l'administration centrale des ponts-et-chaussées, il vint habiter Paris avec sa jeune femme, celle-ci pria instamment sa sœur de l'accompagner et de demeurer avec elle. Adèle Leurs ne résista pas à cette prière. Outre la tendre affection qu'elle avait pour Eugénie, elle adorait les enfants, et ne pouvait se séparer de ceux de Madame Vallée; elle était pour eux comme une seconde mère.

*
* *

A Paris, la famille Vallée ne tarda pas à attirer près d'elle une réunion d'hommes qui se distinguaient par des mérites divers. Dans ce cercle, la beauté d'Adèle, les charmes de sa conversation où se faisaient jour et sa vive sensibilité et sa poétique imagination, ne manquaient point d'admirateurs. Adèle Leurs fit particulièrement une forte impression sur un jeune médecin d'un esprit élevé, plein d'âme, et à qui un bel avenir était promis, le docteur T...,

Mais soudain un grand malheur vint jeter le deuil dans cette famille et dans le cercle d'amis qui l'entourait. Madame Vallée, après de courtes et cruelles souffrances supportées avec un rare courage, était enlevée à tous ceux qui l'aimaient. Le docteur T... qui avait donné à cette jeune femme les soins les plus empressés, s'était rencontré, près du lit de la mourante avec Adèle Leurs, et il avait été frappé des qualités du cœur qui en faisaient au plus haut point une sœur aimante et dévouée. Dès ce moment il avait conçu pour elle une véritable passion, et bientôt il aspira ouvertement à obtenir ses affections et sa main.

Adèle Leurs de son côté avait été touchée au fond du cœur par la sollicitude si dévouée que monsieur T... avait montrée pour venir au secours de sa sœur chérie, et elle était loin d'être insensible à ce qu'il y avait de sincérité et de vive expansion dans l'amour qu'elle-même lui avait inspiré. Mais, de deux côtés, des obstacles s'opposèrent à ces projets d'union. D'une part, Madame Leurs, cédant à des mouvements de douleur maternelle peu raisonnée, avait, depuis la perte de sa fille, un insurmontable éloignement pour le jeune médecin dont la science et les soins n'avaient pu arracher cette jeune femme à la mort; elle n'acceptait pas l'idée qu'il pût devenir l'époux de la fille qui lui restait; d'autre part, M. T... passionné dans ses désirs d'émancipation démocratique, pour les satisfaire, ne savait pas s'arrêter à de justes limites, au respect même des lois du pays; Adèle Leurs avait appris avec angoisses qu'il était engagé dans des entreprises secrètes contre le gouvernement établi. Sa droite raison lui disait assez qu'il y avait dans de pareils écarts toute autre chose que le pronostic de la vie régulière et calme qu'elle devait chercher dans l'union conjugale. Ces réflexions et le ferme dessein de ne point heurter la volonté de sa mère lui firent surmonter une affection qui avait déjà dans son cœur de fortes racines; il fallut que M. T... renonçât à l'espoir d'obtenir sa main.

Deux années s'écoulèrent; parmi les amis de M. Vallée qui venaient près de lui plus assidûment que jamais pour le distraire de sa douleur, se trouvait un homme de lettres, M. Desloge, caractère des plus honorables, esprit tout porté vers les idées de liberté et de progrès, il conçut pour Adèle Leurs un sentiment profond qu'elle eut bientôt remarqué. Depuis la mort de sa sœur, elle se trouvait fort isolée au monde. Son père, elle l'entrevoyait à peine, entraîné qu'il était dans des habitudes de jeu où il perdait son repos et sa fortune. Elle avait besoin d'un appui; elle avait besoin surtout d'un cœur aimant et dévoué qui se donnât tout entier à elle. La demande de M. Desloge fut acceptée et le mariage eut lieu dans le cours de l'année 1826.

Originaire de Saint-Domingue, où sa famille avait perdu toute sa fortune lors de l'insurrection des noirs, M. Desloge, d'un âge mûr déjà, vivait à Paris comme homme de lettres et rédacteur de journaux. Il était, au *National*, le collaborateur et l'ami d'Armand Carrel, qui faisait grand cas de son talent d'écrivain et de sa droiture politique. Comme homme privé, M. Desloge se trouvait parfaitement en harmonie, quant aux qualités morales, avec la femme d'élite à laquelle il s'était uni ; il fut constamment près d'elle un modèle d'affection et de délicatesse conjugales.

Madame Desloge avait recueilli chez elle sa mère. En 1829, elle la perdait après une longue et douloureuse maladie, pendant laquelle elle lui avait prodigué les soins les plus tendres. Dans son intérieur domestique, malgré toutes les garanties de bonheur qu'elle avait trouvées par son union avec un homme excellent, elle ne fut exempte à aucune époque de sa vie de pénibles soucis et de souffrances. Dès son entrée en ménage, elle eut le contrecoup du désordre des affaires de son père. Bientôt elle se trouva privée de la pension qu'il s'était engagé à lui servir; d'autre part la santé chancelante de son mari ne permit pas longtemps qu'il pût suffire à lui seul par son travail aux charges communes ; pour l'aider à y faire face, elle se mit courageusement à l'œuvre. Dans les loisirs que lui laissaient les soins de son modeste intérieur, elle avait recours à sa plume, elle écrivait des nouvelles, des études de mœurs, des articles de critique littéraire. Ces morceaux qui, avec tout le charme d'un style facile et plein de goût, dénotaient un vrai talent d'observation, étaient fort bien accueillis par quelques grands journaux de l'époque.

* * *

De la plume de Madame Desloge sont sortis, sous forme de feuilletons : Un roman d'un effet très-émouvant, *Solange de Fresne*, et *la Galerie des femmes célèbres du XVIIIe siècle.* — Ce dernier ouvrage, d'un haut intérêt, la maladie et une mort prématurée n'ont point permis à Madame Desloge de l'achever. Nous le reconnaissons cependant, de nos jours où le talent d'écrire, où l'art de raconter avec verve et originalité, de peindre toutes choses d'un pinceau facile sont largement répandus, en face d'un public qu'une foule d'écrivains des mérites les plus divers ont rendu ou difficile ou distrait dans ses jugements et ses amusements littéraires, Madame Desloge, si elle eût écrit seulement des articles de journaux et de revues, des feuilletons, des romans, aurait eu quelque peine à sortir de ligne; mais il y avait en elle une sensibilité et une délicatesse exquises ; elle avait ce don, toujours rare, de rendre et ses pensées élevées et les sentiments profonds de son âme, avec ce charme et cette force de pénétration qui n'appartiennent qu'à la poésie. Madame Desloge (nous croyons pouvoir le montrer tout à l'heure) a été vraiment poète, et à ce titre elle mérite la place que nous aimons à lui faire, non loin de son illustre compatriote, Madame Desbordes-Valmore.

A notre époque, il faut bien l'avouer, on ne prononce pas le mot de *poésie* sans s'apercevoir du sens très-divers que telle ou telle partie du public y attache, sans remarquer les effets fort disparates que ce mot produit selon les habitudes d'esprit de chacun. Le petit nombre, ceux pour qui la culture intellectuelle ne s'est pas arrêtée à la surface, ceux dont le goût s'est fait pur et délicat, ceux-là certes ont encore ouvertement le culte de la poésie, ils l'aiment et l'admirent, au sein d'une société qui se dit volontiers *prosaïque*, comme on aime et admire tout ce qui est vraiment beau, tout ce qui charme et qui émeut. Par le grand nombre (ce large milieu d'hommes à demi-lettrés qu'entraîne le courant des intérêts et des affaires et qui se croient voués sans réserve aux réalités de la vie), le mot de poésie n'est accueilli qu'avec doute et défiance ; ils ne se refusent pas à respecter quelques noms de poètes acclamés par la voix publique, sans se mettre en peine d'ailleurs de frayer avec leurs œuvres; mais, en somme, la poésie que représente-t-elle à leurs yeux? un exercice d'esprit fort délié, un art habile d'arranger les mots selon une certaine mesure avec la rime au bout. Le vers est-il manié par une main délicate qui en sait tirer d'harmonieux accords? Tout au plus alors feront-ils accueil à la poésie comme à une musique bonne pour charmer quelques instants l'oreille.

Et cependant, si l'on veut sérieusement observer et réfléchir, on se convaincra que notre époque si positive qu'elle aime à se faire, n'échappe pas à la poésie. Même la foule qui a le moins de pente vers les travaux et les plaisirs de l'esprit, au fond, garde la vérité et la puissance de ses facultés de sentir. La vraie poésie est une force qui s'imposera toujours aux hommes, qui toujours saura bien les toucher au plus vif de leur être, les remuer profondément et les élever vers l'idéal. Et pourquoi en doit-il être ainsi? certes je pourrais tirer mes raisons de loin, remonter aux sources scientifiques, justifier par la philosophie et l'esthétique l'axiôme que j'émets. Mais combien vaut mieux laisser parler sur ce sujet qu'elle sentait et possédait si bien une femme que nous aimons et admirons! c'est elle qui a trouvé le mot que j'aurais sans doute en vain cherché. Oui, alors que j'ai besoin de définir le poète et sa puissance irrésistible, voici que me revient à l'esprit ce que notre chère Madame Desbordes disait, en répondant aux éloges que lui avait adressés dans des vers magnifiques, le poète des *Méditations* et des *Harmonies :*

Je ne suis qu'une faible femme ;
Je n'ai su qu'aimer et souffrir :
Ma pauvre lyre : *c'est mon âme.*

Ainsi d'un trait, cette femme au cœur simple et aimant, caractérisait la poésie avec son inaltérable cachet, sa personnalité humaine pourrais-je dire. Oui, reconnaissons-le, la poésie, c'est une âme qui s'épanche dans toute la vérité et la force de ses sentiments, une âme qui sait parler aux autres âmes et qui les remue, tantôt par ses accents d'amour, tantôt par ses tristesses et ses douleurs qu'elle exhale, ou bien qui s'empare d'elles, qui les transporte et les fait monter bien haut par ses magnifiques élans. Et cela tout naturellement nous explique pourquoi il n'y a rien qui tienne devant la vraie poésie, ni la froideur inconsciente de la foule, ni le parti pris de réalisme ou les habitudes blasées d'un certain nombre. Entre les âmes humaines il y a d'irrésistibles attractions. Qu'au milieu d'autres hommes, cédant au sentiment qui le domine et l'inspire, un homme vienne, dans un langage vivant, montrer tout ce qu'il y a au fond de son cœur d'amour, de joie, de douleur, de mouvements généreux, de noble colère, de dévouement à la patrie, de foi en Dieu, d'aspirations vers ce qui est la beauté morale, cet homme est poète ; et nul, en l'écoutant, ne résiste à cette loi de sympathie et de communion fraternelles que la nature a mise en nous.

Madame Desloge, femme d'une extrême modestie n'aspirait aucunement à la renommée. Elle ne faisait aucun rêve de gloire poétique, mais l'âme même qui fait le poète, elle l'avait. Au cours de sa vie, riante à ses débuts, traversée ensuite par bien des soucis et des malheurs, sa sensibilité vive et profonde fut souvent mise en jeu ; elle y cédait ; elle épanchait parfois ses émotions dans des vers qui ne sortaient pas du cercle de quelques intimes. Ce ne fut que bien tard, en 1849, après la mort de M. Desloges, qu'écoutant la prière de ses amis, elle publia son unique volume de poésies, les *Abeilles*. Ce petit recueil, deux ou trois autres morceaux qui furent postérieurement composés, et qu'a bien voulu me communiquer une personne qui lui fut chère, voilà tout ce qu'a laissé cette femme poète ; mais cela suffit pour nous permettre de juger ce qu'elle était par l'esprit et par le cœur, et pour marquer sa place parmi les littérateurs de notre époque.

Plus il y a dans le poète de simplicité, de naturel, de premier mouvement, plus sa physionnie morale et pour ainsi dire son histoire intime se trouvent reproduits dans ses vers. Madame Desloge en est un exemple frappant, ses poésies la reflètent avec la plus exacte vérité. Pour mettre en pleine lumière cette âme d'élite, je m'attacherai à la laisser le plus possible parler elle-même.

*
* *

En ouvrant le recueil des poésies de Madame Desloge, on est d'abord frappé de trouver en elle, comme chez Madame Desbordes-Valmore, l'amour naïf et profond du pays natal. En cela encore nos deux muses douaisiennes sont deux sœurs. Ce culte de la terre où l'on est né, c'est, il faut bien le dire, la poésie, par ses côtés les plus touchants, simplicité de cœur, puissance des souvenirs, effusion de sensibilité et de reconnaissance, impérissables empreintes, embellies de tout le gracieux mirage qui entoure l'enfance.

Ecoutons madame Desloge exprimant sa joie, lorsque, retenue longtemps loin des lieux où elle est née, il lui est donné de revoir sa chère ville de Douai :

« Que j'aime votre aspect, ô ma ville natale !
Le clocher de Saint-Pierre à la croix triomphale,
Le beffroi s'élançant en flèche vers les cieux,
Et jetant aux échos son carillon joyeux,
Les ormes, du rempart élégante couronne !
Les champs, riches d'épis qu'à vos pieds l'on moissonne,

Apparaissent de loin à mes yeux enchantés,
Comme de chers absents, bien souvent regrettés.
Et lorsqu'après avoir franchi la forte enceinte,
Où la savante main de Vauban est empreinte,
Je reconnais l'accent du pays lent et doux,
Je dis avec bonheur : « *Oh ! me voilà chez nous !* »

Ses plus vifs souvenirs, son hommage empressé sont pour la maison où fut son berceau :

Mais ce qui tout d'abord tient mon âme attachée,
C'est la maison petite, et sous l'ombre cachée
D'une tour haute et noire et de grands talus verts,
C'est son jardin aux murs de fruits, de fleurs couverts.
Humble maison ! Jardin parfumé ! Dans ma vie
Je n'ai rien rencontré qui m'ait autant ravie,
Rien qui me soit resté plus aimable à revoir
Que votre frais enclos, riant comme l'espoir.
Après ce vif retour d'enfant, de jeune fille
Vers le seuil, à l'écart, où vivait ma famille,
Je songe à nos amis... beaucoup sont morts, hélas !
Mais d'autres tendrement accompagnent mes pas,
Et me prouvent qu'ils ont hérité de leurs mères
La grâce et la bonté qui me les rendaient chères.

* * *

La jeunesse d'Adèle Leurs et de sa sœur Eugénie, s'était passée, comme nous l'avons vu, au château de Brunémont. Les riantes images que ce séjour retraçait à son esprit, ces enchantements des jeunes années auxquels prêtent plus de charme encore les tristes réalités de la vie plus avancée, tout cela tenait une grande place dans l'âme de Madame Desloge et revient souvent dans ses effusions poétique

On ne lira pas sans intérêt la peinture qu'elle trace de la pièce d'eau où se mirait le petit château, témoin de ses plus beaux jours, et qui, au moment où elle écrivait ces vers mélancoliques n'étaient déjà plus un héritage de famille :

Elle est au fond d'une vallée,
Et sur ses bords toute voilée
Par de hauts peupliers tremblants
Et des saules aux reflets blancs,
Ses rives, de gazon couvertes,
— Viennent l'hiver ou les chaleurs, —
Ne cessant jamais d'être vertes,
Même de s'émailler de fleurs.

Au centre de son eau limpide,
Un îlot, dont la terre humide
Produit des joncs et des roseaux,
Sert de refuge à mille oiseaux
Qui, fatigués d'un long voyage,
— Quand ils vont du nord au midi, —
Un moment dans ce frais parage
Reposent leur vol alourdi.

A l'horizon qui la domine,
D'un côté la blanche aubépine
Entoure un jardin gracieux.
Qu'il soit toujours béni des cieux,
Ce beau jardin, notre héritage,
Où j'ai si doucement rêvé !
Bien qu'un autre l'ait en partage,
Qu'il reste des vents préservé !

Mais où ce culte des souvenirs, ce profond amour des lieux qui rappellent les plus douces émotions, s'accentuent plus vivement encore chez Madame

Desloge, c'est dans la pièce de vers où elle fait revivre toutes les impressions que lui rappelle la petite église de son village :

Petite église svelte et blanche,
Assise eu milieu des ormeaux
Dont on cueille, chaque dimanche,
Pour vous fêter, quelques rameaux,

Vous êtes plus chère à ma vue
Que ces beaux temples renommés,
Où toujours la nef est pourvue
De lustres nombreux allumés ;

Où l'or et de riches peintures
Frappent le regard ébloui,
Où les autels ont des parures
Brillant d'un éclat inoui.

Vous parlez bien mieux à mon âme,
Humble église sans ornements,
Et qui n'avez pas d'autre flamme
Que celle des cierges fumants.

Vous me dites toute ma vie,
De mon baptême à l'union
Qu'un sort bienheureux a suivie !
. . . .

Petite église, je vous aime,
Et je voudrais dormir un jour,
Quand viendra le sommeil suprême,
Au pied de votre blanche tour.

*
* *

Le village de Brunémont, par une fortune dont

bien peu de ses rustiques habitants se doutent aujourd'hui, a joué, à la fin du dix-huitième siècle, à la veille de notre grande révolution, un rôle tout poétique et même d'une poésie des plus raffinées. Son modeste nom n'avait pas été jugé digne de la réunion des beaux esprits qui s'y donnaient rendez-vous. Brunémont et ses tourbières étaient devenues le vallon des muses, Valmuse[1]. Là, prenaient plaisir à se réunir, précisément dans le château devenu depuis le domaine de la famille Leurs, des lettrés et des dames de la meilleure compagnie de Douai qui avaient un goût vif pour les exercices de l'esprit et se plaisaient à la recherche du beau langage.

Madame Desloge a bien connu la métamorphose qu'avait subie jadis ce séjour champêtre, et elle nous donne le mot de cette poétique énigme dans une pièce de vers, sous le nom même de *Valmuse*. Elle nous montre dans la société brillante de Douai, vers la fin du siècle dernier :

> D'aimables rêveurs, hommes, femmes,
> Qui, fuyant le bruit des salons,
> Aimaient à recueillir leurs âmes
> Dans le silence des vallons...

[1] L'*Académie bocagère de Valmuse*, morceau humoristique, lu en 1867, à la Société d'agriculture, sciences et arts de Douai, par M. le docteur Maugin, contient d'intéressants détails sur l'origine, la composition et les travaux *anacréontiques* des académiciens et académiciennes de Valmuse, recrutés dans la haute société de la ville de Douai, à cette époque.

3

Et ces rêveurs étaient poètes,
L'on redit encor quelquefois
Les pastorales qu'ils ont faites
Sur les eaux, les gazons, les bois.

Mais Valmuse pour Madame Desloge, n'est pas seulement un mot qui lui rappelle des lieux chers à ses jeunes années et qui consacre de poétiques traditions de son pays natal, c'est surtout l'occasion de payer un tribut d'admiration et de regrets à sa sœur chérie, Madame Eugénie Vallée, cette femme d'un esprit très-distingué et d'un grand cœur, qu'une mort bien prématurée avait enlevée à sa famille.

Madame Desloge dans ses vers sur Valmuse, vient de faire revivre cette poétique république de beaux-esprits qui prenait goût à chanter et à festoyer dans la riante solitude de Brunémont; mais voici que son cœur cède à un mouvement où se mêle aux plus tendres regrets, un légitime orgueil de famille; elle se hâte d'ajouter :

Longtemps après eux de Valmuse
Les échos se sont réveillés,
Et les chants d'une jeune muse
De nouveau les ont égayés.

Chants naïfs, loin de la famille
Vous ne fûtes point répandus
Plus que les voix sous la charmille
Qu'on entend aux nids suspendus.

Mais modeste, ignoré du monde,
Le talent se garde plus pur,
Comme le flot que nul ne sonde
Réfléchit mieux un ciel d'azur.

*
* *

Dans une pièce de vers sous ce titre emprunté à la poésie italienne : « *Memoria dolce* » Madame Desloge réveille avec amour tout ce qu'il y a de plus doux dans les joies enfantines, tout ce qu'il y a de charme et de puissance dans les souvenirs de la maison paternelle :

Il est des souvenirs dont la trace est profonde
Plus que le bleu sillon des navires sur l'onde,
Et que n'effacent pas les flots toujours changeants.
Les vagues sans repos qu'on appelle les ans.
Ces souvenirs marqués d'une sévère empreinte
Qui font jaillir soudain à notre vue, éteinte
Par le temps ou les pleurs, quelque rayon joyeux,
Une étoile égayant l'azur pâli des cieux,
Ces souvenirs aimés autant qu'une espérance,
Tous les cœurs le diront, sont ceux de notre enfance.

Oui, lorsque nous comptons déjà de nombreux jours,
Comme un ruisseau qui touche au terme de son cours,
Nous avons salué plus d'une verte plage,
Plus d'un bord souriant et plus d'un frais ombrage ;
Mais dans notre mémoire il n'est rien d'aussi beau
Que le lointain où Dieu plaça notre berceau,
Lointain pur, tout baigné de la blancheur égale
Qui répand ses clartés à l'aube matinale.....

Oh ! s'il était donné de goûter dans la vie
Deux fois le même bien, notre plus chère envie,

Nos vœux les plus ardents seraient de nous revoir
Sous le toit paternel, lorsque, sans rien prévoir,
Nous jouissions de tout, lorsque jamais nos mères
N'avaient à nos cils blonds bu de larmes amères,
Lorsqu'avant notre appel, de bienveillantes mains
Venaient nous soutenir dans les rudes chemins!...
Toit béni! Vous restez pour nous peuplé d'images
Qui d'un bel avenir nous semblaient les présages!

***

Ce culte religieux du passé, nous le retrouvons, dans une épître à Madame Houdart, mêlé à l'effusion d'une amitié délicate et reconnaissante.

Plus d'une fois dans les vers de Madame Desloge, nous verrons affectueusement rappelé le nom des Houdart. Aujourd'hui éteint, ce nom eut dans l'ancienne société douaisienne une haute et bien légitime notoriété. Mes concitoyens ne me sauront pas mauvais gré de saisir ici l'occasion de rappeler la mémoire de deux frères qui ont honoré notre ville, de deux hommes de cette héroïque génération qui en 1792, courut aux frontières avec tant d'élan pour tenir tête à l'Europe coalisée, qui sauva notre pays de l'invasion et permit aux grands principes de la Révolution française de jeter d'indestructibles racines.

Enfants du peuple, à Douai, les jeunes frères Houdart, habitaient avec leur famille un modeste logis en face de la caserne qui s'élevait au Barlet.

Pleins d'entrain, vigoureux, amis du clairon et des exercices militaires, d'un patriotisme que tout alors exaltait, ces jeunes garçons, dès que l'appel aux armes se fit entendre, furent des premiers à partir comme volontaires, et sur vingt champs de bataille ils se distinguèrent par une brillante bravoure. Dans les dernières années de l'Empire, Messieurs Houdart officiers supérieurs et admis à la retraite, avaient épousé de jeunes personnes d'honorables familles des bords du Rhin, et tous deux étaient revenus au pays natal. L'aîné, non moins actif pour les travaux agricoles et industriels qu'il ne l'avait été dans le métier des armes, acheta, au village de Villers-au-Tertre, un domaine où se voyaient encore les ruines d'un château féodal. Ce fut là qu'il fonda et fit longtemps prospérer la première fabrique de sucre indigène qu'on ait connue dans le Nord, cette terre classique de la sucrerie de betteraves.

Dans plus d'un village des environs de Douai, quelques anciens vivent encore, qui n'ont pas oublié le beau rôle que les frères Houdart remplirent alors. En 1814 et 1815, après nos désastres, nos contrées du Nord étaient occupées militairement par les troupes allemandes. Des régiments saxons, mis à la charge des malheureux habitants des campagnes, encombraient leurs fermes et leurs chaumières, épuisaient leurs ressources, et trop souvent les poussaient à bout par leurs exigences, par leurs procédés grossiers. Il arriva que plusieurs de nos villageois comprenant les colères patriotiques qui grondaient dans le cœur des frères Houdart, eurent la bonne pensée de venir à eux, de leur demander leur assistance, leur protection ; et jamais la réponse à un semblable appel ne se fit attendre. A cheval en un clin d'œil, les deux officiers français apparaissaient bientôt au milieu de la soldatesque avinée qui voulait faire un mauvais parti à nos paysans. J'ai entendu des vieillards raconter l'irrésistible effet que cette intervention inattendue, que ces martiales figures, que ces voix et ces regards, qui disaient assez la plus énergique résolution d'être obéis, produisaient sur ces soldats étrangers, combien les plus brutes même se hâtaient de rentrer dans l'ordre, et combien nos pauvres campagnards bénissaient l'intrépide et si efficace sauvegarde qui leur avait été donnée.

La pittoresque colline de Villers-au-Tertre n'est qu'à peu de distance de la vallée de la Sensée et du château de Brunémont, les meilleures relations n'avaient pas tardé à s'établir entre les familles Leurs et Houdart. Les deux sœurs, Eugénie et Adèle, se plaisaient dans l'aimable intérieur de Villers-au Tertre. Elles assistaient joyeuses aux fêtes de campagne que l'on y donnait et qui étaient dignes par l'abandon et la gaîté qui y régnaient, du vieux renom des Kermesses flamandes. Plus tard, quand Madame

Desloge, comme distraction à la vie restreinte et chargée de travaux qu'elle menait à Paris, venait chaque été revoir sa chère ville natale, elle ne manquait pas d'aller à Villers-au-Tertre jouir de l'affectueuse hospitalité qui l'y attendait.

*
* *

Dans l'épître à Madame Houdart, Madame Desloge retrace particulièrement le plaisir qu'elle éprouvait, elle dont l'âme était si bien ouverte à la musique, à entendre les airs empreints de poésie rêveuse que Madame Houdart, musicienne d'un grand talent, excellait à faire chanter aux cordes de son piano. Ecoutons-la elle-même, d'abord sous le charme des riants souvenirs, puis voyant s'assombrir les teintes de son imagination et le brillant mirage s'effacer et céder la place à des jours tristes et désenchantés, et enfin par l'effort d'une âme vraiment religieuse s'élevant dans une sphère plus sereine et bénissant la main de Dieu qui, dans les arides sentiers de sa vie, a du moins semé quelques fleurs :

Vous modulez un chant qui soudain me reporte
Vers l'âge que le temps rapidement emporte ;
Vos mains en se jouant évoquent sous mes yeux
Le fantôme chéri d'un monde gracieux,
Monde qui m'apparaît souriant de jeunesse,
Tant votre mélodie est une enchanteresse !

Oh ! dites-les encor ces vers qui près de vous,
Enfant, me retenaient, tandis qu'autour de nous
De beaux fronts ingénus rougissaient d'espérance
Aux vifs empressements qu'autorise la danse.
Répétez-les ces sons, comme aux instants si chers
Où je ne savais pas qu'il est des maux amers,
Où j'avais peu sondé les abîmes de l'âme,
Où je croyais la vie une légère flamme
Destinée à briller calme et pure ici-bas,
Echauffant tous les cœurs, ne les consumant pas...

Mais vous vous arrêtez quand le salon s'éclaire,
Et l'ombre d'autrefois s'envole à la lumière,
Comme nous voyons fuire, aux approches du jour,
L'image que les nuits rendent à notre amour.
Tout disparaît, hélas !... l'illusion s'efface...
Le présent du passé vient reprendre la place.
Dois-je m'en plaindre ? Et Dieu n'a-t-il pas de sa main
Aujourd'hui comme alors, semé sur mon chemin
Quelques suaves fleurs dont le bouquet me donne
Tout le parfum qu'on peut espérer de l'automne ?
N'ai-je pas pour m'aimer encor des cœurs choisis ?
N'ai-je pas rencontré souvent un oasis
Où j'ai pu rafraîchir mes pieds de la poussière,
Et vers un jour serein soulever ma paupière ?

Dans le cœur d'Adèle Desloge, ce cœur si voisin de la nature et si tendre, l'amour des enfants tenait une grande place. Cet amour, nous le trouvons exprimé avec une vérité et une grâce touchantes dans plusieurs morceaux. Citons particulièrement celui-ci :

LE SOURIRE D'UN ENFANT

Rayon du jour dans le feuillage,
Onde caressant le rivage,

Voix de l'oiseau qui va chantant
Lorsque le ciel est sans nuage,
Vous ne sauriez nous plaire autant
Que le sourire d'un enfant.

C'est que sur cette bouche rose,
Où notre œil flatté se repose,
Il voit l'espérance éclatant
Comme une fleur soudain éclose.
Non. Rien ne saurait plaire autant
Que le sourire d'un enfant.

Heureuse la mère charmée
Qui de cette fleur embaumée
Parfume son cœur palpitant,
Et, fière en sa joie animée,
Croit lire un destin triomphant
Au sourire de son enfant !

Madame Desloge n'avait pas eu le bonheur d'être mère. Ses regrets et sa tristesse à cet égard, elle les exprime avec un grand charme dans une pièce de vers adressée à une amie, à une jeune mère. Mais avec quelle dignité de sentiment, elle écarte de son cœur la jalousie, avec quelle délicatesse elle évite de mêler une ombre de déplaisir aux joies maternelles de son amie !

Hier, sans le savoir, que vous m'avez touchée,
Lorsque je vous voyais attentive, penchée
Au lit de votre enfant qui dormait près de nous,
Vous oublier longtemps et nous oublier tous !
Je devinais combien vous deviez être heureuse
A demeurer ainsi d'autres soins oublieuse.
Et puis, lorsque soudain, entourant de vos bras
Cet enfant bien-aimé que vous n'éveilliez pas,

— Une mère jamais n'embrasse avec rudesse, —
Vous avez dit tout bas des mots pleins de tendresse,
J'ai senti dans mes yeux une larme frémir...
Moi, je n'ai pas d'enfant à regarder dormir.

Le ciel n'a pas voulu m'accorder cette joie.
Je n'en murmure point ; à chacun il envoie
Ce qu'il lui croit meilleur, et je n'ai point le tort
De regretter la part que m'a faite le sort.
Oh ! non. Je la bénis ; elle est chère à mon âme ;
Et si parfois je souffre en voyant une femme
Au berceau de son fils, jamais d'un cœur jaloux
Je n'ai dit : « Le destin pouvait m'être plus doux. »

***

Ce qu'un poète a dit de la patrie, on peut certes avec juste raison le dire de la famille :

A tous les cœurs bien nés que *la famille* est chère !

La famille, avec les affections si primitives et si fortes qu'elle inspire, qu'elle nourrit sera de tout temps une des sources vives de la poésie. Déjà en rappelant le berceau commun des deux sœurs, Eugénie et Adèle Leurs, nous avons montré combien celle-ci était fière de son aînée, combien elle l'aimait. Qu'on nous permette de nous arrêter à d'autres morceaux du recueil qui mettent bien en lumière à quel degré cette âme délicate et tendre portait le sentiment de l'amitié fraternelle. — Citons d'abord le *Nid de fauvettes* dont la transparente allégorie n'échappera à aucun lecteur, et où se résume, sous une note d'une tristesse touchante, la destinée des deux sœurs :

Également sauvé des froids et des chaleurs,
— Que les faibles oiseaux craignent, comme les fleurs, —
Sous l'ombre d'un bosquet tout bourdonnant d'abeilles,
Parfumé de beaux lis et de roses vermeilles,
Ce nid, — oh ! sa pensée humecte mon regard ! —
Dieu l'avait mis à Douai, non loin du haut rempart.

Deux petits oisillons, reste d'une couvée
Dont trois œufs n'eurent pas l'existence achevée,
Grandissaient là, sans bruit, heureux des tendres soins
D'une mère attentive à leurs premiers besoins,
Et ne se hâtaient pas d'essayer leur ramage
Au sommet des glacis, Alpes du voisinage.

Ils voletaient gaîment sur l'herbe et le muguet.
Puis ils s'y reposaient comme en un fin duvet,
Entremêlant toujours leurs plumes caressantes
Et les notes déjà de leurs voix jaillissantes,
Se soutenant, s'aimant du fraternel amour
Qui joint des cœurs éclos presque le même jour.

Nul ne les connaissait, mais lorsque moins timide
Leur aile les porta d'un essor plus rapide,
On les suivit de l'œil, on voulut les revoir,
On aima leurs accents, et pleins du doux espoir
De les apprivoiser par un discret langage,
De nombreux oiseleurs vinrent en leur bocage.

La loi qui régit tout, même un humble dessin,
Aux deux fauvettes sœurs fit payer leur matin ;
L'une à peine a vécu pour être épouse et mère ;
L'autre depuis a dit souvent la plainte amère
Qu'on entend se mêler à tout chant ici-bas,
Quand le cœur a gémi d'un douloureux trépas.

Dans un autre chant intitulé : *Ma sœur*, Adèle

Desloge nourrit sa douleur et ses regrets par le souvenir de ce qu'était cette sœur bien aimée. Elle se plait à la faire revivre avec ses traits charmants que l'approche même de la mort ne savait altérer :

Elle a vécu ces charmantes années
Qui, par le ciel, aux femmes sont données
Pour que plus tard elles ne disent pas :
« Tout est bien triste en cette vie, hélas ! »
Comme parfois l'odeur d'un lis s'envole
Sans que le soir ait flétri sa corolle ;
Son âme a fui, quand la jeunesse encor
A ses cheveux laissait des reflets d'or,
A ses yeux bruns de vives étincelles,
A tous ses pas la grâce des gazelles ;
Et rien ne l'a jusqu'à son dernier jour
Faite moins chère aux regards de l'amour.
Rien n'a voilé son souris de tristesse,
Rien, sur son front où brillait l'allégresse,
Rayon des cieux, n'a jeté de pâleur.
Quel sort plus beau ! pourquoi donc la douleur,
Pourquoi les cris que nous ne pouvions taire,
Quand nous l'avons mise dans son suaire ?
Pourquoi, mon Dieu ! C'est que sa prompte mort
Qui la menait heureuse dans le port,
Nous laissait, nous, sur les flots, sans l'étoile
Dont la lumière éclairait notre voile ;
C'est que parents, époux, enfants et sœur
Nous demeurions privés de sa douceur,
De son esprit, de sa gaîté naïve...
Et nous étions loin encor de la rive !

***

J'ai parlé des deux enfants laissés par cette sœur bien aimée. Madame Desloge eut pour ces enfants, dans tout le cours de sa vie, un véritable amour de mère. La jeune fille, Adèle Vallée, avait certes sa bonne part de cette affection; mais plus Madame Desloge aimait sa nièce, plus elle avait pour elle de sollicitude sérieuse et clairvoyante, afin que rien ne vint diminuer le charme de la destinée qu'elle rêvait pour elle. On verra dans les strophes suivantes avec quelle sage raison et quelle délicatesse la tante essaie de faire comprendre à la jeune fille qu'il n'est pas bon d'abriter derrière un voile de modestie trop tendu les belles qualités dont la nature l'a douée. Ces strophes, nous les citons aussi volontiers, comme trait de mœurs d'une originalité piquante : c'est à une jeune et charmante parisienne, dans la fleur de ses seize ou dix-sept ans, que la bonne tante reproche doucement le soin extrême et un peu farouche qu'elle met à cacher la valeur et les grâces de son esprit :

Pourquoi, mon enfant,
Vous que j'aime tant,
Cacher par instant
Sous un air sévère
La grâce légère
D'un esprit charmant ?

Je sais que le cœur,
Tout plein de pudeur,
De s'ouvrir a peur.
Comme un lys de l'onde
Craint aux yeux du monde
D'exposer sa fleur...

Vous avez en vous,
— Mon Luth est jaloux
De le dire à tous, —
Savoir et finesse,
Enjoûment, tendresse,
Et cela m'est doux.

Mais, comme un trésor
De perles et d'or
Vous gardez encor
Ces dons en avare ;
Et de ce qui pare
Vous voilez l'essor.

Céler ce qu'on vaut
N'est pas un défaut ;
Cependant il faut,
Sans vouloir trop plaire
Ne pas toujours taire
Ce qui place haut.

***

Pour Madame Desloge, son neveu, l'enfant qu'elle avait reçu pour ainsi dire des bras de la jeune mère mourante, c'était comme son fils adoptif. Une grande partie de l'enfance d'Eugène Vallée se passa à Brunémont sous l'œil et sous les tendresses de sa tante Adèle ; il grandit ; il étendit et fortifia par le travail une belle intelligence ; il devint un homme et un membre distingué du corps des ingénieurs des ponts-et-chaussées. Le jour, où sorti victorieux de redoutables examens, Eugène Vallée, fut reçu élève de l'École polytechnique, Madame Desloge lui adressa une pièce de vers bien digne, à notre avis, d'être mise sous les yeux des lecteurs. Sans doute les maîtres dans l'art de charmer ont des richesses d'harmonie et d'images dont ne songe pas à approcher la muse si simple de Madame Desloge ; mais si la poésie c'est l'âme humaine épanchant avec une vérité saisissante ses plus intimes et plus profondes émotions, ce morceau où débordent la tendresse et le doux orgueil de la mère adoptive revendique à lui seul pour son auteur une place parmi les femmes poètes :

Je garde dans mon cœur une charmante image
De ce que vous étiez en votre premier âge,
Cher enfant d'une sœur ! quand votre front joyeux
Se couronnait encor d'anneaux blonds et soyeux,
Quand vos petites mains cueillant l'herbe fleurie
Voulaient à notre seuil apporter la prairie,
Quand vous alliez jasant comme ces oisillons
Qu'on entend vers le soir égayer les sillons,
Quand votre âme déjà se montrait vive, fière,
Sensible, — rappelant celle de votre mère ; —
Quand je vous contemplais dormant sur mes genoux
Après vous avoir dit quelques vieux airs bien doux,
Et demandé que Dieu fît votre nuit heureuse !
J'étais alors souvent assez triste et rêveuse ;
Comme si ma pensée avait des mauvais jours
D'avance interrogé l'inévitable cours.
Je pleurais en secret, mais vos chères caresses,
Votre innocente joie enlevait mes tristesses ;
Je mêlais mon sourire à vos jeux, à vos ris,
Et j'oubliais ma peine en vous nommant : « mon fils. »
Ce nom, je vous le donne encor dans mon âme.
Mais les temps sont changés ; l'étude vous réclame ;
Vous n'avez plus besoin que l'on guide vos pas,
Ni pour vous endormir que l'on chante tout bas.

L'homme apparaît en vous ; sous la grâce virile
S'effacera bientôt le charme juvénile ;
Moi, tant que je vivrai, je ne l'oublirai pas ;
Non plus que cet instant où votre mère, hélas !
Vous posa sur mon cœur, semblable à l'hirondelle
Qui, ne pouvant porter ses petits sur son aile,
Les place en un lieu sûr. — Oh ! rien dans l'avenir
Ne saurait me toucher plus que ce souvenir !

***

Madame Desloge avait rencontré dans son mari un homme d'une intelligence d'élite et d'un cœur excellent. Elle fut à son égard un modèle d'affection, de dévouement conjugal ; il s'y mêlait une profonde estime pour la fermeté et la dignité du caractère qu'il ne cessa jamais de montrer comme homme politique. Une santé altérée à force de travail et des infirmités précoces tenaient M. Desloge en dehors des relations du monde ; sa femme était ingénieuse à lui rendre son intérieur vivant et plein de charme. Ses idées élevées lui avaient valu, parmi les notabilités littéraires et politiques de son temps, de précieuses relations des hommes tels que Carrel, Sainte-Beuve, Lacordaire, venaient parfois le trouver dans sa retraite et prenaient plaisir à converser avec lui. Mais le déclin de ses forces ne s'arrêtait pas. On peut se figurer combien le cœur d'Adèle Desloge se serra quand elle se sentit menacée de perdre son digne compagnon dans la vie, celui en qui se résumaient toutes ses affections, et de quel deuil fut suivi le coup irréparable que la mort vint frapper à côté d'elle. Trois morceaux d'une forte empreinte marquent bien ce que fut pour Madame Desloge ce drame des suprêmes douleurs.

Soumission. — C'est le moment où la fatale vérité se montre à ses yeux. Elle n'en peut plus douter ; celui qu'elle aime va mourir. Le cœur brisé, elle demande à Dieu la force de souffrir et le droit du moins de pleurer en silence :

Ne murmurez pas, ô mon âme !
Si vous devez dire à l'espoir :
« Adieu ! » — Comme on dit à la flamme
Qui s'éteint sous le vent du soir.

Ne murmurez pas ; en ce monde
Quelle clarté toujours a lui ?
Et loin des rives qu'il féconde
Quel flot jamais ne s'est enfui ?

Ne murmurez pas, même à l'heure
Où va se rompre un cher lien !
Mais pleurez... Dieu permet qu'il pleure
Le faible privé de soutien.

La Veillée. — C'en est fait... il vient de rendre le dernier soupir !... Il est là sous un suaire, celui qui était la moitié de sa vie... Et l'année est à ses plus beaux jours. Dans la nature, tout semble joie et bonheur ; tout ce qu'elle voit et entend autour d'elle, la pauvre veuve, fait un poignant contraste avec sa douleur, avec le vide affreux de son âme.

C'était un soir de juin, un de ces soirs limpides
Où l'astre de la nuit, comme les fronts candides,
Se montre à nos regards, dévoilé, souriant,
Et nous remplit le cœur d'un espoir confiant.

Sur les jardins, les prés, une ombre sans tristesse
S'épanchait lentement ; des accents de tendresse
Dans les arbres en fleurs, parmi les nids éclos,
Allaient des murs voisins réveiller les échos.

Une brise légère, embaumée, attiédie,
Dans l'espace, en jouant, semait sa mélodie ;
Et des couples heureux d'un mutuel amour
Disaient des mots plus doux que ceux qu'on dit le jour.

Oui, le soir était beau... Mais moi, dans ma demeure,
Je souffrais du repos, du charme de cette heure,
Comme d'une ironie envoyée à mon sort...
Car je veillais en pleurs au pied d'un lit de mort.

Lui. — La tombe s'est refermée... mais lui, l'époux qu'elle a tant aimé, occupe son âme tout entière ; il revit en elle par ses plus puissants et précieux souvenirs :

Quand je le rencontrai, d'une morte bien chère
Mon cœur, mes vêtements gardaient le sombre deuil,
Et je ne croyais plus, en ma tristesse amère,
Qu'un rayon de bonheur vînt luire à notre seuil.

Je me trompais ; bientôt de sa vive tendresse
Comme d'un jour brillant mon ciel fut éclairé
Et j'appris que les yeux peuvent, dans la jeunesse,
Retrouver le sourire après avoir pleuré.

Depuis, ce fut en vain que je n'eus en partage
Aucun des biens qu'il faut au plus mince trésor ;

Je ne regrettai pas même notre héritage.
Riche d'un pur amour, que m'importait de l'or !

Il n'est plus ! et mon âme a dit aux espérances
Un éternel adieu, car je sens aujourd'hui
Qu'il m'a pu consoler de toutes les souffrances,
Mais que rien ne saurait me consoler de lui.

*
* *

Le ton élégiaque, la note triste reviennent souvent et dominent dans l'œuvre de Madame Desloge. Faut-il nous en étonner ? Les chants du poète reflètent la destinée humaine ; et qui de nous, dès qu'il reporte son regard en arrière, ne voit sur sa route des traces douloureuses, des affections brisées, des vides cruels et irréparables ?...

Madame Desloge, profondément atteinte par la mort de sa sœur bien-aimée, puis par celle de son mari, vivait de sa douleur, de ses regrets. Cette triste disposition de son âme, elle la peint fidèlement dans deux morceaux bien faits pour trouver de l'écho dans le cœur de tous ceux qui ont, comme elle le revendique pour elle-même, le droit :

De rêver longuement aux âmes envolées.

RÊVERIE.

Quand le doux bruit de l'eau vient frapper le rivage
Où, comme un pèlerin fatigué du voyage,
J'aime à me reposer un moment vers le soir,
Après que du travail a cessé le devoir ;

Quand le chant des oiseaux, ces passagers des nues,
Semble arriver vers nous des sphères inconnues,
Ou quand la cloche au loin jette son glas vibrant
Qui nous dit de prier pour un pauvre mourant,

Je rêve longuement aux âmes envolées.
Hélas ! en nous quittant où sont-elles allées ?
Les prenant sur son aile un ange glorieux
Pour prix de leurs vertus les menait-il aux cieux ?
Ou, touché de nos pleurs, Dieu daigne-t-il permettre
Qu'elles planent encor autour de nous ? Peut-être
Ce bruit de l'eau, ces chants dans les airs entendus,
Ces appels de la foi, par l'airain répandus,
Ces vagues sons remplis de tristesse et de charme,
Qui soudain dans nos yeux font briller une larme,
Peut-être ce sont là les mystiques accents
Que Dieu leur a donnés pour parler à nos sens...

Oh ! Si le cœur pouvait nourrir cette espérance,
La mort ne serait plus une éternelle absence ;
Ls monde cesserait de se couvrir de deuil,
Quand ceux que nous aimons descendent au cercueil.
Une âme, en s'exhalant ne laisserait plus veuve
Une autre âme ici-bas, comdamnée à l'épreuve
De survivre longtemps ; — on ne serait plus seul
A son foyer désert comme en un froid linceul,
Si l'on reconnaissait la voix qui fut chérie...
Et mon esprit plongeant dans cette rêverie
Ne s'en peut détacher, et j'écoute en tremblant
Ces bruits mélodieux sur la brise volant,
Comme si quelques mots d'une douceur plaintive
Devaient bientôt frapper mon oreille attentive.

Un jour, — ainsi rêvant, — un jour j'ai cru saisir
Dans ce concert immense où Dieu verse à plaisir
Des torrents d'harmonie, une note plus tendre,
A moi seule envoyée et que j'osai comprendre...
Si je me suis trompée, oh ! qu'il n'arrive pas
Qu'un sage au froid parler me le démontre, hélas !
Le cœur sait être heureux même par un prestige ;
Et qui pourrait au ciel dénier tout prodige ?

Dit-on vrai ?

On dit que tout regret s'efface de notre âme,
Que les morts les plus chers sont bientôt oubliés,
Et que l'aile du temps, comme une vive flamme,
Ne laisse dans nos yeux que des pleurs essuyés.

On le dit; cependant, s'il existe en ce monde
Des cœurs facilement lassés d'un souvenir,
Des cœurs changeants, légers, mobiles comme l'onde,
Qui s'éloigne d'un bord pour n'y plus revenir ;

N'en est-il pas aussi dont la douleur fidèle
S'enveloppe à jamais dans ses voiles de deuil,
Et du saule prenant le destin pour modèle,
Se plaît à s'incliner sur le bord d'un cercueil ?

N'en est-il pas qu'on voit mourir de leur tristesse,
Comme la fleur ravie aux caresses du jour,
Ou comme le ramier, si la fatale adresse
D'un chasseur l'a privé de son unique amour ?

Oh ! s'il fallait douter de vivre en la mémoire
De ceux que nous aimons tendrement ici-bas,
La mort serait affreuse, et l'on oserait croire
Que le séjour des cieux n'en consolerait pas.

*
* *

Les citations que nous n'avons pas craint de multiplier, comme le plus sûr moyen de donner la juste mesure du caractère et du talent de Madame Desloge, ne nous l'ont pas montrée seulement douée de cette sensibilité délicate et vive, source de toute poésie. Dans bien des passages, le lecteur attentif n'a pas manqué de remarquer la haute et ferme raison qui distinguait cette femme éminente. On nous permettra d'en fournir encore d'autres exemples ;

Quand revinrent en France les cendres de l'homme extraordinaire, mort à Sainte-Hélène, après avoir donné à notre pays beaucoup de gloire et l'avoir en même temps accablé des fléaux que le génie de l'ambition et le despotisme mènent à leur suite, Madame Desloge était loin de s'associer à l'enthousiasme irréfléchi auquel beaucoup alors se laissaient aller. Dans une pièce de vers intitulée « *la Vallée des Géraniums* » elle croit voir l'ombre impériale désabusée de ses rêves de domination et de grandeur, elle croit l'entendre dire à ceux qui viennent l'arracher à la paix du tombeau :

..... « C'est assez de triomphes ; la source
Qui murmure tout bas, au creux de ce vallon,
Les saules me gardant du froid de l'aquilon
Me plaisent au bout de ma course. »

Peut-être avec ces mots aurait-il repoussé
L'hommage fastueux dont les morts n'ont que faire ;
Les morts si peu jaloux, en leur pâle suaire,
De ce qu'ils ont trop caressé.

La tombe leur apprend le secret de la vie ;
Ils savent quels vrais biens doivent être estimés,
Et le fantôme vain qui les avait charmés
Ne tient plus leur âme asservie.

Ils ne demandent rien, rien qu'être en de doux lieux
Tranquillement couchés loin du torrent qui gronde,
En attendant que Dieu les reprenne à ce monde
Pour les abriter dans les cieux.

Dans une allégorie sous le titre de « *l'Aigle*

blessé, » Madame Desloge se complaît à peindre la douleur profonde et fière qui s'interdit la plainte et ne veut pas de la pitié d'autrui. Nous qui avons connu cette noble femme, éprouvée par bien des souffrances et qui mettait son art et sa force à n'offrir à ceux avec qui elle avait les contacts du monde, qu'une inaltérable sérénité, c'est bien elle que nous retrouvons, que nous voyons revivre dans cette belle peinture :

D'une balle meurtrière
Un aigle, atteint dans le flanc,
Se mourait sur la poussière
Qu'il rougissait de son sang.
On accourt et l'on se presse
Pour le voir de toute part ;
Lui, jusque dans sa détresse
Conserve son fier regard.

Un jeune enfant à sa mère
Qui le portait dans ses bras
Dit : « l'oiseau ne souffre guère,
Vois, puisqu'il ne pleure pas. —
« Mon fils, lui répondit-elle,
Ainsi fait un noble cœur ;
Plus sa blessure est cruelle
Moins il montre sa douleur. »

Les sentiments d'une âme honnête et fière qui sait se vaincre elle-même, au prix de douloureux sacrifices, nous les rencontrons encore et au plus haut degré dans le morceau qui porte ce titre « *le Cœur silencieux.* » Vainement l'éditeur a pris le soin de nous dire « imité de l'allemand. » On ne peut lire ces vers sans y sentir l'émotion vraïe et vivante d'une personnalité qui s'efforce d'envelopper d'un voile mystérieux une passion, tourment de son cœur. On l'admire et on la plaint, lorsqu'au nom du saint devoir, elle soutient contre sa passion un suprême combat, et cependant marque sa victoire même d'une douloureuse empreinte :

Qui se plaint aussi peu que la tombe muette ?
Qui se tait ici-bas plus que la nuit discrète ?
C'est l'amour combattu par un noble devoir,
L'amour pur, chaste, saint, profond, mais sans espoir.

Les nuages brumeux laissent tomber des larmes ;
La mer gronde, en fuyant un bord rempli de charmes ;
Et la foudre éclatant au milieu des éclairs
Est le cri douloureux qui soulage les airs.

Quand le cygne bientôt va quitter cette vie,
Il se plaint en un chant dont nofre âme est ravie ;
Et si l'orage naît, les languissantes fleurs
Se dérohent aux yeux sous un voile de pleurs.

Tout être infortuné peut exhaler sa peine,
Excepté l'être aimant que le devoir enchaîne ;
Seul il doit, rappelant les chrétiens valeureux,
Supporter le martyre en silence comme eux.

Il le doit, il le fait ! Mais Dieu, dans sa balance
Mesurant le triomphe à la douleur immense,
Se souvient du regard qui monte vers le ciel
Quand la victime boit son calice de fiel.

*
* *

Eprise de musique autant que de poésie, Madame

Desloge était douée de qualités remarquables pour sentir et juger les œuvres de nos habiles compositeurs. Plusieurs d'entre eux recherchaient avec empressement sa société et se plaisaient à sa conversation d'artiste où elle faisait preuve du goût le plus délicat. Elle entretenait particulièrement avec la famille Halévy des relations de bonne amitié, et nous trouvons dans son recueil de jolis vers adressés à des membres de cette famille.

Madame Desloges a composé un certain nombre de romances pleines de sensibilité et de grâce et qui méritèrent d'être mises en musique par des compositeurs distingués. C'est ce qu'a fait notamment pour l'une d'elles, *le Chant de mansarde*, un de nos concitoyens, M. Choulé, qui a marqué, dans le nord, parmi les hommes de talent voués à la composition musicale. Cette romance est la vraie voix du cœur d'une jeune femme, d'une ouvrière à qui la tendresse et les joies maternelles font oublier, dans son humble réduit, les gênes et les soucis de la vie du pauvre :

CHANT DE MANSARDE

Dormez, ô ma fille !
Dormez sur mon cœur,
Sans que mon aiguille
Quitte son labeur.

Vous êtes légère ;
Jamais si doux poids
Peut-il d'une mère
Engourdir les doigts.

Moi, j'ai senti même
Ma force augmenter
Du bonheur suprême
D'ainsi vous porter ;

Comme sur la branche
L'oiseau chante mieux
Quand sa voix s'épanche
Vers son nid joyeux.

Oui, jusqu'à l'aurore
Restez sommeillant
Sous mes mains encore
Pour vous travaillant.

Pour vous dont la grâce,
Divine à mes yeux,
De bien loin surpasse
Les anges des cieux,

Ma pauvre mansarde
Enfant, je le dis,
Quand je vous regarde,
M'est un paradis.

Il faut nous arrêter : il faut un terme à ces citations, et cependant le lecteur nous saura gré, nous en sommes sûrs, de ne pas finir sans mettre sous ses yeux un dernier chant, *Bergeronnette*, fine et charmante allégorie, où l'on retrouve, autant que dans ses plus sérieuses poésies, l'âme et la haute raison de Madame Adèle Desloge. Aux sympathies, à la sollicitude que cette excellente femme éprouvait pour les jeunes filles, il était difficile de donner une forme plus délicate, il était difficile d'avertir par de plus tendres conseils celles qui, aux champs comme à la ville, sont exposées à trop de dangers par la vivacité, par l'étourderie de leur âge et par leur candeur même :

BERGERONNETTE

Prenez garde, prenez garde,
Un beau chasseur vous regarde,
Bergeronnette qui courez
Légèrement le long des prés.

Pour voir votre fin corsage,
Ecoutez votre ramage,
Il brave, dit-on, souvent
Le soleil, le froid, le vent.

Dieu vous garde, Dieu vous garde
Du chasseur qui vous regarde,
Bergeronnette qui courez
Légèrement le long des prés.

J'ai grand peur qu'il ne vous suive,
Et, quoique vous soyez vive,
Qu'il ne vous prenne en ses lacs,
Où vous gémiriez, hélas !

Prenez garde, prenez garde
De vous laisser, par mégarde,
Bergeronnette qui courez,
Surprendre par lui dans les prés.

Le plus sûr, petite belle,
C'est de fuir à tire d'aile,
En remontant vers les cieux,
Bien haut, bien loin de ses yeux.

Prenez garde, prenez garde,
De vous voir sauve il me tarde,
Bergeronnette, qui courez
Légèrement le long des prés.

*
* *

Les qualités de l'intelligence et du cœur qui distinguaient Madame Desloge, la rendaient éminemment propre à l'éducation d'une jeune fille ; c'est ce que ne manqua point d'apprécier une famil e des plus honorables de notre ville. Le chef de cette famille, inspiré à la fois par le sentiment paternel et le dévouement amical, sollicita et obtint qu'une de ses jeunes filles fùt élevée pendant plusieurs années par les soins de Madame Desloge. Cette enfant vécut heureuse et grandit dans le modeste intérieur où tout était simplicité, bonne grâce, dignité, et où elle apprenait chaque jour sans efforts ce qu'il importe de sentir, de savoir et de pratiquer dans la vie. Madame Desloge était fière de sa charmante élève ; elle l'aimait d'un amour de mère, et son cœur fut bien triste quand il fallut que la jeune fille la quittât.

Une de ses amies, qui pratiquait excellemment la peinture, avait fait le portrait de la gracieuse enfant.

Un jour, devant ce portrait qu'elle regardait avec attendrissement, Madame Desloge improvisa quelques vers. Volontiers je les rappelle ici, ces vers, et il me semble que bien des habitants de notre ville ne me sauront pas mauvais gré des souvenirs que cette poésie réveillera en eux.

Joli portrait, vous me rappelez bien
Toute la grâce du modèle,
Son air si doux, son aimable maintien,
Son âme à la candeur fidèle.

Joli portrait, ma vue aime à saisir
En vous la chère ressemblance
De ce visage où l'innocent plaisir
Souriait comme chez l'enfance.

Joli portrait, d'un double sentiment
Vous m'êtes un précieux gage
Et dans mon cœur je suis également
Fière du peintre et de l'image.

Des accidents de santé précipitèrent et rendirent fort pénible pour Madame Desloge l'âge de la vieillesse. Dans le déclin de ses jours, aux prises avec de vives souffrances, avec les angoisses d'une pénurie toujours croissante, à force d'empire sur elle-même et de résignation, elle surmontait ses maux et ses peines morales. Pour ses amis eux-mêmes son accueil toujours gracieux, son admirable sérénité ne laissaient pas soupçonner ce qu'il y avait de cruel dans les épreuves qu'il lui fallait subir. On la voyait presque constamment travailler, si souffrante qu'elle fût, à des travaux d'aiguille. Hélas ! c'était pour ajouter une obole à ses trop faibles ressources.

Son mal empira ; il fallut qu'elle se soumît à une cruelle opération ; elle la supporta avec un courage admiré de ses médecins ; ce fut son dernier combat... Cette belle âme, rappelée par Dieu, alla recevoir enfin sa récompense, que la terre, comme on l'a vu au cours de cette biographie, lui avait durement refusée.

FIN

VERSAILLES. — IMPRIMERIE CERF ET FILS, 59, RUE DUPLESSIS.

www.ingramcontent.com/pod-product-compliance
Ingram Content Group UK Ltd.
Pitfield, Milton Keynes, MK11 3LW, UK
UKHW020416180726
13839UKWH00003B/1331

9 782329 327402